KB022114

사랑한다는 것은

사랑한다는 것은

펴 낸 날   2021년 4월 23일
2쇄 펴낸날   2021년 4월 30일
3쇄 펴낸날   2021년 5월 8일

지 은 이   최기섭
펴 낸 이   이기성
편집팀장   이윤숙
기획편집   이지희, 윤가영, 서해주
표지디자인   이지희
책임마케팅   강보현, 김성욱
펴 낸 곳   도서출판 생각나눔
출판등록   제 2018-000288호
주   소   서울 잔다리로7안길 22, 태성빌딩 3층
전   화   02-325-5100
팩   스   02-325-5101
홈페이지   www.생각나눔.kr
이 메 일   bookmain@think-book.com

사랑한다는 것은

최기섭 유고시집

생각나눔

책을 펴내며

아버지가 가신 지 벌써 3년의 세월이 지났지만, 아버지의 흔적은 익숙한 표정으로, 친근한 목소리로 우리의 기억 곳곳에 남아 기쁠 때나, 아플 때나 늘 생각납니다.

아버지는 현실의 고통과 삶의 애착 그 사이사이를 한 땀 한 땀 시로 채우셨습니다. 삶의 불꽃이 거의 꺼져가던 그때에도 아버지는 휠체어에 의지하며, 떠오르는 시상을 달력의 뒷장이며 노트에 끄적거리듯 남기셨습니다.

병환이 깊어가던 어느 날 아버지께서는 못 미더운 듯, 그러나 간곡하게 "네가 꼭 책으로 펴주라." 하시며 짐을 지워주셨습니다.

아버지의 부탁에도 불구하고 부족한 그릇 탓에 쉽게 나서지 못했지만, 더는 부끄러움으로 미안함을 가릴 수 없는 지경이 되어 이제는 아버지의 유작이 되어버린 시들을 밖으로 꺼내드리고자 합니다.

아버지의 유작 시집을 만드는 일은 생각보다 어렵고 힘든 과정이었습니다. 하지만 작업을 위해 아버지의 유품들을 정리하면서 남기신 메모와 젊은 시절부터 써오신 일기장을 접하면서 아버지를 더 많이 이해할 수 있었기에 의미 있는 시간들이었다 생각합니다.

　모든 것이 불투명하던 젊은 시절에 아버지는 인문학적 갈증과 함께 자식들에 대한 기대, 가장으로서 미래에 대한 걱정과 당신 인생에 대한 포부 등을 짊어지고 치열하게 한 시대를 헤쳐나오셨습니다.

　지금 할 수만 있다면 젊은 날의 아버지를 꼭 안아주고, "우리 아버지, 참 잘 살아왔어!"라며 등을 토닥여주고 싶습니다.

　아버지는 생전에 우리 세 딸이 "뭉치면 살고, 흩어지면 죽는다." 말씀하시며 무엇이든 뭉쳐서 하라시며 '어느 날 세 자매 날개를 달다.'의 의미로 '어.세.날.다'라고 이름을 지어 주셨습니다.

　그리운 아버지!

　달빛 고운 야삼경에 옛 술친구들 불러 모아 시 한 수 읊으시며 호탕하게 웃으실 아버지를 상상하며 아버지의 네 번째 시집을 영전에 바칩니다.

어.세.날.다 올림.

차 례

제1부 사랑한다는 것은

제2부 사랑한다는 것은

제3부 사랑한다는 것은

저자의 일기

새소리 바람 소리

따스한 태양의 미소

봄이 오는 소리

그들은 함께 환호한다

사랑한다는 것은

제1부

석 양

석양이 더욱 눈부시다
산모퉁이를 지나는 길손이
확연히 옷자락을 들어내듯
감추는 순간의 아쉬움이다

당신이 먼 길을 떠날 때
내게 쏘는 눈빛이듯
아쉬움에 젖는 일이다

당신과 나 사이에 꿈을 만들어
빛을 기다리는
석양에서 작열하듯
그것으로 눈부신
내일이 오리라

어느 날

담쟁이 넝출이 점점 창을 가린다
잿빛 하늘보다는 푸른 잎을 본다

내 마음 창을 가리고 있는 음울함
스스로 볼 수 없는 벽

담쟁이는 싱그럽다
넝출을 뻗는다

차분하다
말이 없다
그냥 싹을 불린다

양평 해장국

양평 해장국을 먹다가
문득 이런 생각을 했네
술 끊은 지 반년
내게 해장국은
무의미한 건 아닌지

얼큰한 맛에 긴 트림을 해본다
속상한 일이 많은 세상사라
이런 해장국으로
속을 달래 보는 것도
싫지만은 않을 터

실 언

한참 산봉오리를 걸어 내려오던 참이다
절간 해우소를 들어서려는데
한 스님이 바지춤을 여미며 나오신다
문득
수고하셨습니다
얼굴이 말간 스님의 얼굴이 꽃처럼 접히면서
뭘요,
수고는 무슨

폭 우

너는 왜 땅을 갈라놓는가
패면 맞고 안으면 안기는
태풍의 칼 앞에
물 폭탄 앞에서
그냥 누워 버렸다
대지는 너를 거스르지 않는다
자빠진 풀들의 신음
그것은 일어서리라
빛으로만
벼락을 쳐라
다시 일어서리라

들 꽃

광막한 곳에
네가 있었다
그대 있었다

깊숙이 내 심장의
박동 소리를 듣고 있었다
나는 별 쏟아진 밤
너의 합창을 듣노니

새날이여
방싯대는 그 입술이여
영원한 빛
네 가슴에 햇살이 되리

일상에서

아침이면 잠에서 깬 새가
휘청이며 낮은 하늘을 날아가듯
모든 것들은 제자리에 이동한다

그것은 내게 보여주기를 꺼린다
그러나 조금씩 드러나는 징조를 보인다

오직 침묵의 힘이다
그것이 조금씩 탈진해간다
그 속도를 제압하는 힘은 나다
그것이 있기에 생명은 위대한 것이다
나와 당신이 존재하는 의미이다

봄

그 소리는
산기슭
논두렁
흐린 둠벙
오막집

그 소리는
벌레도 아닌
풀잎도 아닌
바람도 아닌
새들도 아닌
그 소리는
봄
(….)

나무들

나무들도 서로 사랑한다
저마다 사랑을 가지고 있다
잎이 질 땐 처음으로 돌아가듯
뿌리를 덮는다

그들에겐 고통이 있었다
그러나 참고 견디었다
모두가 함께 사랑하기 때문이다

새소리 바람 소리
따스한 태양의 미소
봄이 오는 소리
그들은 함께 환호한다

습지(濕地)에서

한적한 아침
쓰러진 잡초들이 서로 엉키어
몸을 기대고 있네
넘어진 것들끼리 서로 위로하듯
의지하는 것 같았네

아침 해 솟아오르고
화살처럼 박히는 빛이
감싸주듯이
풀잎들은 반짝이고 있었네

파랗게 물들고 싶을 때

그 빛으로
머무른 적이 있다
그 열기에 내 몸이
휘청일 때가 있다

그대 손을 잡는다
지금 내가 바라보는
그 빛으로
그렇게 간절할 때가 있다

대춘(待春)

눈부신 아침이 오려나

기다리는 것은

당신을 바라는 내 마음이

촉박한 듯싶습니다

아직도 살바람을 매섭게 느끼는 것은

이 땅에 봄을 기다리는 마음이

절절하기 때문입니다

행여 당신이 오던 길을

헛짚을까 걱정인 것은

길이 깊게 파이고 엉킨 것 때문만은 아닙니다

오직 당신을 바라는 나의 마음입니다

곤지암에서

곤지암 최미자 소머리국밥을 먹기 위해서는

표를 얻어 내야 한다

느긋이 기다리는 지혜가 있어야 한다

마구간의 퀴퀴한 냄새를 맡듯이

오래 참아야 한다

차례가 오면

한 뚝배기 비우고

소처럼 걸어 나오면 거무스레한 산들이

통실통실한 소처럼 보인다

최미자 국밥집이 소처럼 보이는 것은

소들에 둘러있어서이다

점심때가 되면 소장처럼 붐빈다

거간이 활발한 대낮이다

외줄에 매달린 거미

작은 봉창 문밖으로

외줄 하나 그었다

그 줄에 거미 한 마리 매달려 있다

한겨울 눈바람에 흔들려

찰찰한 것에 묶여 있다

며칠을 움직이지 않는다

죽은 거미다

줄에서 살다가

줄에서 죽은 거미

줄은 물이다

끈적끈적한 물이다

그것을 탕진해버리면

퍼석한 껍데기가 날아가 버릴 바람이다

그 대응으로 마른 잎 하나

서까래로 막장을 친다

무너질 듯 위태롭다

꽃은 무엇을 보고 피는가

꽃은 벽을 보고 핀다
너와 내가 만나는 것도
벽과 벽 사이인 것처럼
내가 벽 없이 일어설 수 없듯이
우리는 벽에 둘러 있다

너와 나 벽이 없다면
서로 만날 수 있을까
벽은 너와 나 가슴속에 있다
내 가슴과 네 가슴이
환한 벽인 것을
벽을 보고 꽃으로 핀다

신호등

우리 집 앞에 신호등이 있어서
아침이면 파랗고 빨간 눈이
번갈아 작동한다

사람들은 횡단하고
차들은 멈추는 것을
규범인 신호등을 보다가
이런 생각도 드네

우리네 삶이
신호등과 무관하지 않다는 것을
우리가 살면서 생활에서도
신호등에 의지해 있다는 것을

멈춤과 소통의 연속인
내 안에 신호등이 볼 만하다
우리의 삶에도 서로서로
잘 작동하고 있는지

벌레도 흉 쓴다

잡힌다고 느낄 때

꼼짝하지 않고

굳어 버틴다

촉각은 대단하다

벌레의 지혜를 보다가

종일 내 몸이 허(虛)해진다

아침에 나는 그것을 보고

몇 번이고 멈추는 연습을 했다

상자(箱子)

간장 게장

네 마리

얼음 주머니 세 개

아침 밥상이 비리다

반 평 식탁

짭조름한 횡횡 거사 거드름 핀다

대처에서 왔다고

추전역(杻田驛)에서

하늘을 타고 오르는 기차는
더 오르지 못하고 누구를
목 터지게 부르고 떠난다

빛의 반란

놀라운 속도에는 그것이
당도해야 하는 목표가 있다

그러나 대명천지는
너의 것이 아니다
너는 소멸해버린다

이 엄중한 소멸 앞에
너의 기세는
한갓 메아리일 뿐이다

보아라
습지를 쏘는 빛은 반짝이지 않는가
눈부시게

늙은 강아지

강아지가 노인을 앞세우고
오졸랑 대며 걸어온다
머리를 숙이고
코를 땅에 박고 냄새를 맡는 듯

할아버지는 내게 말했다
개가 늙어서 눈이 보이지 않아요

할아버지는 내게 또 말했다
사람으로 치면 백 살이 넘었어요

발이 휘어 잘 걷지 못하는 개는
주인의 냄새를 맡으며 걷는다
백세시대에 견공도 노인도
정분이 좋아 함께 걷는다

낙조(落照)

너의 뒤쪽을 볼 수 없어
어찌할 수 없이 앞만 보았다
더 아름다운 것은
뒤쪽에 있을 것이다
언젠가 나는 그 뒤쪽도
볼 수 있을 거라고 믿는다
당신의 뒷모습을…

무제(無題)

봄이 온다기에
동구 밖 나갔더니
문득
나를 부르는 소리
"여보게"
봄은 지났네!

추경산조(秋景散調)

늦가을 억새꽃
휘휘로울 때
흰 머리면 어떠랴

황금들 갈바람에
뜨—건
햇빛이면 어떠랴

빗긴 햇살에 타는 잎
그 요염
또어떤가

기 도

메타세콰이아가 동천에 붓촉을 세웠다

용서해 주세요
사랑해 주세요

지구인 일동

참새

이른 새벽

참새 한 마리가

문 앞에서 쫑쫑거리다가

땅바닥을 날름 낚아채더니 냠냠 한다

그 바닥에 무슨 진미가 있어서

그리 당당하는가

나를 곁눈으로 흘려보더니

당신에게서 털린 먼지도

짭짤했다고

나를 힐끔 쏘아 본다

그 눈빛이 예리하다

낙엽을 쓸면서

아침에 마당을 쓸었다

비에 젖은 잎이 쓸리지 않는다

박박 힘주어 쓸었다

세차게 비를 세워 긁기도 했다

그럴수록 젖은 잎은 요지부동이다

바닥에 찰싹 붙어 움짝이지 않는다

나는 빗자루를 조금 굽혀 살살 만지듯

팔에 힘을 주지 않았다

비를 안으로 끌어당기듯 모아본다

그제야 잎은 몸을 세워

빗자락에 안기듯 달라붙는다

길가 아름드리 큰 나무가

흐뭇이 내려 보고 있었다

가을이 내게로

가을이 내게로 오라 하네

억새 덤불 지나

은행나무 숲길에 갈바람 일면

한참을 서 있으라 하네

화살나무 빨갛게

불타오르는

고원을 거닐며

그대 생각에 잠기라 하네

낭만을 아는 사람은 구차하지 않네

병실에서 1

1월 2일
새벽 3시
온기를 찾는다
은혜로운 빛
감사할 일이다

누구든 최후의 순간을 생각하지 않을 수 없다
어디엔가 불빛이 들썩이고 있다
삶은 깃을 빛내고 있다
당신의 외침을 듣는다

병실에서 2

21층에서 내려다본 거리는

막히고 뚫리고 스치고 통쾌하다

녹내장 이십 년

폐암 4기 2년째

코숍 젤라민 위례사 다오리정

약은 소중했다

시간은 엄숙했다

내 몸을 움켜잡은 시간은 내 몸을 구속했다

삶은 통증을 이겨내는 것

그리고 변해가는 형체를 새로이 보는 것이다

내 몸의 대지가 축복받는 날을 기다리는 것이다

밤 9시다

젤라민 한 방울을 눈구석에 넣으며

마음을 비우는 것이다

사랑한다는 것은

사랑한다는 것은
남겨주는 일이다
아버지는 밥을 남기셨다
식구를 위한 것이다
그렇게 배고픈 시절이 있었다

사랑한다는 것이
남겨주는 일이라는 것을
아버지를 통해 배웠다.

나무가 하늘을 들어 크듯이
강도 물을 안고 흐른다
당신의 온정이
내 가슴으로 흘러들어
양 어깨에 힘을 주듯이

할머니 손

골방 창틈으로

햇빛이

새어 들어왔다

어두운 벽면이 환하다

할머니 눈빛 같아서

손으로 만져 본다

내 손이

금방 환해진다

내 어릴 적

내 코를 세운

그 손이 따뜻했다

당신에게로

새벽바람에
치렁한
풀단을 지고 오시던
젖은 아버지를 생각합니다

불초가 이제
서푼 낫질을 시작했습니다
앞마당에 작은 두엄터도 잡았습니다

처음이라
발채 가득 채울 수 있겠습니까만
연단의 큰 보람 이루리니
작은 나의 더미를
크게 하시어
그 햇발
그 삭힘으로

거름이게 하소서
사랑이게 하소서

옛일 생각나

오랜만에 만난 젊은 친구가
내게 인사말을 건넸다
신관이 좋으십니다
옛날 노인을 존칭해서 쓰이던 인사말이라서
내가 이런 인사말을 들을 수 있는가 하고
한참 생각했네
하기사 내 나이 팔순이니 선대 같으면
이 세상 사람 아니지 싶으니
내가 근엄해 보일 수도 있겠다

아버지는 환갑을 넘기신 이듬해에 작고하셨다
글공부만 하시던 아버지는
농사일엔 두비를 모르셨다
가뭄이 들면 논은 타들었다
그는 물고 싸움을 하지 않았다
그는 탄명해 보였지만 인정이 많았다
그래서 우리는 탈탈 굶고 살았다

그는 밤하늘만 보았다
그의 삽날엔 언제나
달빛만 흐리게 묻어 있었다

사 연

날마다 날마다

오는 편지는

어머님 무덤가에

쌓이는 낙엽

앞줄을 읽고 나면

뒷면을 넘겨주는

고마운 바람이야

무슨 사연이

그리도 많아

쌓이고 또 쌓여

밤낮이느뇨

아무것도 모르고 태어나

아무것도 모르고 태어나

세상일 몇 가지 느껴보다가

어느 날

훌쩍 떠나버리면

가지운 것

부족하다 느꼈던 일이

공연하고

구름은 둥둥

먼 하늘

바람은 솔솔

능선을 넘느뇨

모든 것은 굴러간다

낟알이 굴러가듯

아침마다 나도 공원을 한 바퀴 돈다

빛이라고 직선만은 아니다

빛도 굴러서 퍼진다 하늘도 굴러서 높다

산이 굴러서 만들어졌듯이

강물도 굴러서 흐른다

낙엽이 굴러서 내리듯

눈물도 굴러서 방울진다

곡식도 사랑도 굴러서 익는다

새도 굴러서 날아간다

부자도 간난(艱難)도 둘러가듯이

인생도 굴러간다

미루적대다

햇살 쏘는 여름 한낮

할머니 두 분이 솔 그늘에 몸을 반쯤 가리고

식대를 놓지 않으려는 듯 점심을 이야기한다

서로가 내가 내겠다고 입씨름이다

나 돈 있어

나도 돈 있다고

고쟁이 속 안주머니를 만지작거린다

그들은 웅얼거리듯 말을 한다

나라님 정식도 만이천 원

염소탕 전골도 만이천 원

서로 내가 내겠다고 시샘도 한다

내비친 무릎 아래 종다리가 허물허물하다

오후 두 시가 훌쩍 넘는다

그들은 그 자리에 있었다

세월 네월

할머니 두 분이 손을 잡고
공원 잔디밭을 걸어가신다
헐렁하게 늘어진 팔이 그네처럼
낭창거렸다

세월아 네월아

그들의 흥 타령이 토성 쪽으로
밀물 되어 찰싹인다
나도 그물에 걸리듯 함께 쓸려 갔다
굽고 작아진 몸들이
선소리를 두르고
팔랑대고 있었다

공원은 푸른 바다였다

이미 그 자리인 것처럼

할머니 한 분이 공원 벤치에 앉아
빵 한번 베어 물고 우유 한번 빨고

젖 한번 쪽쪽 빨고
엄마 얼굴 쳐다보듯이

그는 낯선 풍경이 아니다
두리번거리지 않는
아니면 예전에 자리 잡은 것처럼

그는 낙오가 아니다
설치를 끝낸 조형물처럼 화사하다

그는 어머니다
그가 나의 어미였다
그는 지금도 내게 사랑을 먹이고 있다

이미 그 자리인 것처럼

춘일우음(春日偶吟)

창문 열리니 훈풍 함께 하자는가
너의 가뿐한 몸이야 훌훌하지만
내 압기(壓氣)는 어이해 네게 머무나
한 생 약롱(藥籠)에 나를 가두네

풍정(風情)이 좋아 바람에 놀아보고
산이 좋아 산경(山景)을 노래했네
한수(漢水)에 배 띄워 음락(飮樂)도 즐겼거늘
유독 임 그린 그 마음 가눌 길 없다네

휘지른 의생(醫生)의 길 천식(淺識)으로 얼룩졌네
그 청기(淸氣)는 어데 두고 백수(白叟)가 되었는가
팔순을 기린다고 애들은 노래지만
아직은 아니려니 청운봉(靑雲峯) 오르려네

사랑한다는 것이

남겨주는 일이라는 것을

아버지를 통해 배웠다.

나무가 하늘을 들어 크듯이

강도 물을 안고 흐른다

당신의 온정이

내 가슴으로 흘러들어

양 어깨에 힘을 주듯이

사랑한다는 것은

제2부

어머니 등에서 울고 싶다

나는 지금 어머니 등에 있습니다

그 옛적에 있습니다

어머니

네다섯 살 적이었나 봐요
둘째 아들이 근무한 면 소재지 위생소 오는 길이었지요
행롱재 넘어 십리 길 울음 그치지 않았다지요
고렇듯 고집보 아이였어요
무에 그리 억울했을까요
형한테 뺨따귀 맞았다지요
몹시 발발대고 번잡했겠지요

이제는 압니다
어머니

봄날 고갯길은 얼마나 더디셨습니까
어머니

악쓰고 울고 싶습니다
더 미워지고 싶습니다
더 죄송해지고 싶습니다

어머니
어머니

신지도

신지도
명사십리
할머니 고향

바닷가
모래밭
장장 십 리 길

그리워
걷는 발길
끝이 닿아라

바라보니
저 멀리
또,

섬
섬
섬…

부부

셋 딸

둘 며느리

이야기로 밤이 늦었다

가을밤이 길다

우리도 늙었다

축 배

잔을 듭시다요
사랑을 듭시다요
충일(充溢)의 기쁨이 이리로 오네요
남빛(藍) 꿈이 출렁이고
하이얀 물오리 춤을 추네요

잔을 듭시다요
사랑을 듭시다요
땅이 받쳐 들고 하늘이 이리로 오네요
달과 별이 이리로 오네요
입술에 와닿는 감로의 향기
그대 천사 되어 춤을 추네요

나 가리라

나비처럼 날아서

구름같이 나 가리라

작은 흔적일랑 그냥 놔두고

모두가 꿈속에서 깨어나기 전에

발자국 소리도 내지 말고

아무것도 보지도 듣지도 말고

하늘 보고 큰절 한 번 드리고

나 가리라

연기처럼 사르리라

눈길에서

무심코 눈길을 걷다가
생각한다네
사박이는 나의 발밑은 오랜
폐허이려니

그리움도
나의 동산도 적막강산이라고
난장치고 뒹굴던
따신 동심은 어데 갔는가

눈 덮인 벌판에서
이방인처럼 길을 찾고 있다네
눈은 내려 쌓이고
나는 길을 잃었어라

한참을 찾아 헤맸네
알고 보니
사방팔방 천지가
내 앞에 있는 것을

토 란

토란잎에 영근 이슬
조심스레 따와서
아내는 나에게
시를 쓰라 한다
이 어인 영통인가
어둠 속 빛 이러니
신 새벽
땀 젖은 아내가
밑 든
토란 같다

풍경이 좋았다

백발노인이 백발노인을 태우고
자전거로 달린다
뒤의 노인은 앞 노인의 허리를 꼭 끌어안았다
생의 연한을 모질게 붙잡은 것이리라
하얀 백발이 민들레 홀씨처럼 둥글다
힘차게 젓는 앞 노인의 페달이 더욱 빠르다
생의 노경老境이 찰랑이는 대목을
때맞춰지는 해는 잠깐 지체한다
그들이 달리는 둑길에
노을이 어스름이 삭아들고

산 비

산비 내리는 날은
나 나무가 되고 싶다
그냥 비를 맞고 싶다
내 몸속 깊이 푹 적시는
더 푸르는 나무이고 싶다

산비 내리는 날은
나 비를 맞고 싶다
큰 나무 밑 작은
떡갈나무처럼 살랑대는 애잎이고 싶다

산비 내리는 날은
나 산에 살고 싶다
엄마를 부르고 싶다
사탱이를 질퍽 적신
징징대는 아이이고 싶다

보푸라기

옷에 묻은 보푸라기를 떼어
창밖에 내보냈다
그것이 내개 다시 붙는다
너는 바람에 공중을 겉돌던 것
누구도 눈여기지 않았던
그것이 털이 풀꽃으로 내게 안긴다

독작(獨酌)

혼자서 술을 마신다

자 한 잔 들세

컬컬한 목소리의 여운이

들려오는 듯

그 친구 둔내로 가서

새 마누라와 친구 삼아

한잔하겠지

타는 목을 축인다

술잔에 그 얼굴이 비친다

후리후리한 몸짓이 웃고 있다

나 술을 마신다

단숨에 시원한 맥주를 마신다

술잔에 엉키는 거품

다시 술을 따른다

혼자서 거품을 마신다

봄 날

들길엔

들길엔

어머님 냄새가

새 잎으로 피고

뒤돌아본

아스라한 그 모습

훈풍을 껴안으면

그리움 안고

들길을 가네

당신이 내게 준 꽃 피는 봄

나 봄이로세

청춘이로세

갈매기 떼

강활리에선
하늘이 바다가 된다
퍼드덕퍼드덕
파도 소리를 하늘에서 듣고
바다는 자기의 자화상을
감상한다

풀꽃

가을 빛 온이 쏟아져
풀꽃이 되는 것을
모르고 살았네
자세히 보면
풀마다 피는 꽃 저마다
씨 알 박혀
초롱 한 눈빛으로 내게 다가와
나도 한 포기 작은 풀꽃이라고
웃는다

싸락눈

싸락눈 내리네

한 돌금 내리고

또 내리고

두 돌금 내리고

오순도순

할머님 옛이야기

그 속에 묻고

들릴락 말락

밤새 내리네

소곡 소곡

쌓이네

나목(裸木)

눈만 남겼다

귀도 입도 다 떼갔다

매운 삶을 살아야 하는

너의 고독은

한천 앞에 스스로를 회초리가

되어야 한다고

굽어지지 않게 곧게 서라 한다

아플수록 안으라 한다

청청한 숲이 되라 한다

자음(自吟)

누각(樓閣)에 올라오니
바람이 친구가 되네

들을 펼쳐 볼 수 있으니
세상이 다 보이는 것 같네

누구든 어렵거든
여기에 올라 보시게

세상은 내 눈 아래
있다네

풀들에게

풀 하나 시들은 일을
그냥
입고(入枯)로 보지 말라
마른 내 안의 그리움이
성한 풀밭을 만들었거니

푸른 것은 그냥 푸르지 않는다

우리 사는 일도
풀밭 같아서
이 시간에도
너를 위해
푸른 꿈을 위해
내 몸을 태우는 것이라니

낙 엽

낙엽이 진다
한 잎 더 포개져 집이 되고
또 한 잎 내려
인가가 되는 것을

그 위에 눈 덮이고
바람도 앉아
햇빛도 얹히어라

그대 바람으로 왔는가
살근 스쳐가는 것을
그것이 내게로 와서 사랑이 되는 것을

그 무렵

비 개고

산안개 마을을 덮고

내리는 것이

어찌나

사뿐하던지

한참을 바라보았습니다

오르고

내리는 일이

삶의 일이라면

행중(行中)

플라타너스 큰 잎이 내 발을 덮는다

차일(遮日)처럼 넓게 폈다

줄기를 드러낸 나무들이

누군가 보내고 선 그리움처럼 느껴진다

새를 불리던 깃발 내려

잔치 끝난 파장처럼 느껴질 때

이제 보니 둑길 코스모스도 지고

언덕에 억새는 성글었는데

누군가 내 손을 밥아 줄 것 같아

이렇게 들길을 혼자 걷는다

바람은 건 듯 발밑을 쓸어가고 서녘은

해거름으로 붉게 비었다

이 가을에

여인의 눈물 덩이 같은
은행잎이
뚝뚝 진다
그 소리에 놀라
하늘을 보면
파랗게 밑 터진 하늘
몇 점 구름이
땜질하며
유유하다

아침 호숫가에서

눈부신 빛살 아침해 잠긴
호숫가에서 그를 보았네

당신을 대하고도 그대를
똑똑히 볼 수 없었던 시절
그리워 못내 당신앞에 서면
숙기를 잃었지

그대 샘가로 가는 골목에서
짐짓 마주해도
그를 볼 수 없었네

세월이 지난 지금
이 호숫가에서
그를 볼 수 있었네

부시도록 아리따운 그대를
다시 볼 수 있었네

새

날개를 접고
높은 가지에 앉아
잠시 생각하는 새
하늘을 나는 일도
무의미한 듯
갈 걷이 끝난
빈 들을 본다

소

시골집 앞마당

두엄 뒤에서

새김질하는 소를 본다

발굽엔 쇠똥이 묻어있고

몸엔 똥파리가 붙어있어도

귀로 혀로 꼬리로

소의 동작은 태평스럽다

송아지 목을 핥고

같이 부빈다

소가 나를 본다

나도 따라

새김질한다

너에게 가련다

산 따라

물 따라

나

너에게 가련다

흐르다 흐르다

머무는 곳

님

있으려나

산행(山行)

설봉산 정상에 오르면
사람이 쉴 만한 곳에
뫼 하나 있네

죽은 이 마음이 맑았던가
잡풀 속에
흰 꽃이 찬연하다

어디서 날아왔나
검은 범나비
제 곳이 아니라고
금시에 가고 없네

이 몸도
쉴 곳 찾아
청운봉 가는 길
깔따구 떼 눈앞에 윙윙거리네

이 세상 살면서

이 세상 살면서
붉히는 마음 없이
상대의 입장에서
나를 돌이 킬 수 있었다면

이 세상 살면서
내 모두를 베풀고
내 가지운 것도
남에게 줄 수 있었다면

이 세상 살면서
항상 웃는 모습으로
미풍처럼
향기로울 수 있었다면

앞줄을 읽고 나면

뒷면을 넘겨주는

고마운 바람이야

무슨 사연이

그리도 많아

쌓이고 또 쌓여

밤낮이느뇨

사랑한다는 것은
제3부

새날을 보며 드려.
내게 새 햇볓이 왔네.
사뿐히 왔네.
흙에게도
광에게도
경에게도
삭에게도 。

내게 새날의 새볓이 왔네.
사뿐히 왔네.
그 햇볓 같이 밝도이
우리 모두 이 한해를
볓을 쫓아 살리라 。

戊戌正月 陸菱

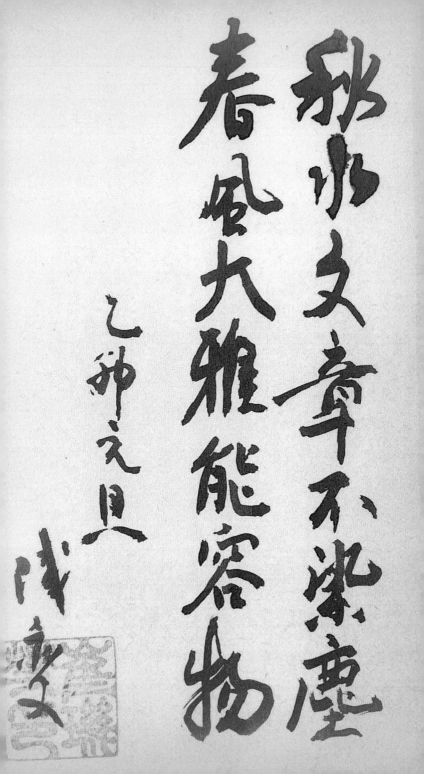

내 川은

한송이 꽃방울

< 扼柳 >

외로이 배달리던 한울 扼柳
너는 푸른하늘로 저치는 한울柳.

받으려는 하늘
어렴풋도 없는데
저처럼 그리워도 저치는 한울뜻.

된서리 내려놓어도
바람이 모지치는 아래
남 바로지키도 좋겠던.

어느새 놓으래니고
大地로저치는 ㅡ週 처가리되었네.

너는 ㅡ週처.
내가선 또뜻을
어데 있나 ?

Kirula   10. 31. 남f노

8月 2?日 水曜日 晴

世敎

삶의 권리를 위한 온갖 희생을 치룰때 우리는 자유를 획득한다 (타고르) 1991

12련번이2 상상만을 그려본다.
너의 착면이니

9月 24日 土曜日 雨

천국에 오르는 사다리는 사람에 대한 사랑이다 (아리스타래에)

念願

五穀이 영글어 가는
秋夕달도 차츰 저간다.

中天에 두둥실 보름달이
환히 웃고 비출때면

陳列에 서로 웃는 쌍판을
훤-히 되어 보련만

夜窓 論을 쓰며하다

1969. 9. 23　아침

꽃 방석

오후강 기도에
일어면 꽃방석 위에
나는 앉아 있다.

따락 했소,
냄새가 난다,

행여
싱그런 비린내가 눈새라
나늘 사양해서
따린줄 가리어 한다.

싱독본 꽃악니끼니 봄이 나늘 맞본다.

꽃제가 빌려주는 꽃방석에
앉아서 이런걸 느끼고

꽃 마음

펜시를 점에 보며 微笑 짓는다
룩 ─ 적인 하늘을 向해
流水 이라도 하느다.
눈부런치는 꽃 농달러 간절한 흊음─

저라다 첫 쪽지를 물고
十日 첫대리 十日 사이에 진다.

大空은 늦내 이너워 한테
땅에 진다.
섬색한 얼굴로 哀惱한 내 흊는 엇

 ─ 머니직 밤에

∞ 오늘의 역사 ∞

히틀러 자살 (1945)
미·주기강화장 조인 (1948)

정부, 군정법령 제88호로 경향신문 폐간령
내림 (1959)
국민학교 상용한자 천자사용 결정 (1951)

◇ 폐색전선 (閉塞前線)

불연속선의 하나로 한랭전선이 온
을 따를 때를 말한다. 저기압의 발
라서 그 중심 부근에서 생장한다.
기가 뒤속의 공기보다 따뜻할때는
그 반대를 온란형 이를 폐색전선이

1 · 1 구름

나는 어떤 구름을 여의고, 더욱 허전 속에서
수줍던 새해를 맞이하였다. 되려나
甚하 많은 나에겐 솟아오는 世界
의 꿈, 愛처럼 새롭다.

걸은 歲月은 나의 들은 넘는 形式에
런 없다. 實恨의 새로운 形式을
시 청하는 오늘의 殘懷는 뫼깊어
이 사라렸다.

그러나 나는 그럼으로 莫론하진 걸은
그 있다. 今年엔 形式의 뿌리를 처
行懷의 內허로 참 가리라.

二十代이란 歲月의 역경에서 솟
치는 나의 悍忍은 그 使命이 代
후에 있다고 生覺하였다.
恨恨은 어머님의 音沈을 對해
生命으로 豊軍한 膀程矣望에

1 · 2 눈

오늘은 눈이 내렸다. 새해첫눈이
렸다. 홀현한 咫尺 樓骨을 내눈은
라도 지극히 반가웠다

...는 山골짝 리生息하는 나뭇벌에 無數
이 널려 있은 蓋芳을 ……
그리고 눈이 霜에 서릿발에 버레섰은
앙상한 ～무들.
바람 쇠고 골째기을 내닫고 우렁찬
山울림이 반나절 불러 친대이로 荒芳
을 또候이 荒野에이에 흐르것고

메모사항

가는 나

나는 탄다
用策가 보 되여
末日의 어느 길모퉁이에
나는 타는분은 끄고 잔잔히늘 木해이
反抗이 없는 荒廢한 에너지
난 独房을 택한다.

1980. 11. 10 비회에

∞ 오늘의 역사 ∞
뷘트겐 (독) 몰 (1904)

◇ 인생의 장단

청년의 입장에서 보면 인생은 무한히 미
매이지만, 노인의 입장에서 본다면 그것은
비상히 짧은 과거에 지나지 않는다. 좋은 때

는 꼭 「오페라.그라스」의 대물 렌
대고 보는 물체로 보인다. 만년에
렌즈를 눈에 대고보는것 같기도
이 얼마나 짧은 것인가를 인식하
은 나이를 먹어봐야 한다. 즉 짧

密, 山,

언제나 四月이면
내 視界이 짓는 山,,
아침 太陽에 활짝되
숲山의 容貌
그것는 내가 무슨 가지고
있는
불같은 情熱,
四月이면
나는 어쩌는 마음으로
숲山의 視界는 붙는다,
그래도 그곳에선 내 내충혼의 낙엽이
지고
그속위면 진달래꽃이 된다.

누혼에

百合 봉숭아 해바라기 나팔꽃이
내 침실 南쪽窓에.
단밤에 피으지려 웃줄웃요.
꽃,숲은 내침실의 東쪽17
이우게도 없구나.
해비췰이 넘긴 초가집 추녀밑에
재비가 새끼들 기르고.
南쪽窓에.
이웃도 없구나.
내마음 東쪽17면.
　　　北

　　　　　1이기 ↑, 19

　　　　　　老后의 외로흠 없네
　　　　　　悅心酉하廿〤 。

봄은 어떻게 오는건가 —

콧끝에 스치는 향긋한
발밑은 간지럽히는 노력(勞力).
그래서 자라는 속옷을 드러내고
여름(夏)철에 밤비 쏟는가?
하늘은 瓜을 커—랗게 드리우고
太陽은 薄雪을 내뿜으니
니! 아느니 自然.. 속에
니 살으로 흐르리라.
긴곳은 自例니 ....

2. 2   어린
                  힛 나니